Tucholsky Wagner Zola Scott Sydow Freud Schlegel
Turgenev Wallace Fonatne Schlegel
Twain Walther von der Vogelweide Fouqué Friedrich II. von Preußen
Weber Freiligrath Frey
Fechner Weiße Rose von Fallersleben Kant Ernst Frommel
Fichte Richthofen
Engels Fielding Hölderlin Dumas
Fehrs Eichendorff Tacitus
Faber Flaubert Eliasberg Ebner Eschenbach
Feuerbach Maximilian I. von Habsburg Fock Eliot Zweig Vergil
Ewald
Goethe Elisabeth von Österreich London
Mendelssohn Balzac Shakespeare Dostojewski Ganghofer
Trackl Lichtenberg Rathenau Doyle Gjellerup
Mommsen Stevenson Tolstoi Hambruch
Thoma Lenz Droste-Hülshoff
Dach Verne von Arnim Hägele Hanrieder
Reuter Hauff Humboldt
Karrillon Rousseau Hagen Gautier
Garschin Hauptmann
Damaschke Defoe Hebbel Baudelaire
Descartes Hegel Kussmaul Herder
Wolfram von Eschenbach Schopenhauer Rilke George
Bronner Darwin Melville Grimm Jerome Bebel Proust
Campe Horváth Aristoteles
Bismarck Vigny Barlach Voltaire Federer Herodot
Gengenbach Heine
Storm Casanova Tersteegen Grillparzer Georgy
Chamberlain Lessing Langbein Gilm Gryphius
Brentano Claudius Schiller Lafontaine
Strachwitz Bellamy Schilling Kralik Iffland Sokrates
Katharina II. von Rußland Gerstäcker Raabe Gibbon Tschechow
Löns Hesse Hoffmann Gogol Wilde Vulpius
Luther Heym Hofmannsthal Gleim
Roth Klee Hölty Morgenstern Goedicke
Heyse Klopstock Kleist
Luxemburg Puschkin Homer Mörike Musil
Machiavelli La Roche Horaz
Navarra Aurel Musset Kierkegaard Kraft Kraus
Lamprecht Kind Hugo Moltke
Nestroy Marie de France Kirchhoff
Laotse Ipsen Liebknecht
Nietzsche Nansen Ringelnatz
Marx Lassalle Gorki Klett Leibniz
von Ossietzky May vom Stein Lawrence Irving
Petalozzi Knigge
Platon Pückler Michelangelo Kafka
Sachs Poe Liebermann Kock Korolenko
de Sade Praetorius Mistral Zetkin

Der Verlag tredition aus Hamburg veröffentlicht in der Reihe **TREDITION CLASSICS** Werke aus mehr als zwei Jahrtausenden. Diese waren zu einem Großteil vergriffen oder nur noch antiquarisch erhältlich.

Symbolfigur für **TREDITION CLASSICS** ist Johannes Gutenberg (1400 — 1468), der Erfinder des Buchdrucks mit Metalllettern und der Druckerpresse.

Mit der Buchreihe **TREDITION CLASSICS** verfolgt tredition das Ziel, tausende Klassiker der Weltliteratur verschiedener Sprachen wieder als gedruckte Bücher aufzulegen – und das weltweit!

Die Buchreihe dient zur Bewahrung der Literatur und Förderung der Kultur. Sie trägt so dazu bei, dass viele tausend Werke nicht in Vergessenheit geraten.

Gedichte und Entwürfe

Jens Peter Jacobsen

Impressum

Autor: Jens Peter Jacobsen
Übersetzung: Erich von Mendelssohn
Umschlagkonzept: toepferschumann, Berlin

Verlag: tradition GmbH, Hamburg
ISBN: 978-3-8424-9095-6
Printed in Germany

Ziel der TREDITION CLASSICS ist es, tausende deutsch- und
fremdsprachige Klassiker wieder in Buchform verfügbar zu
machen. Die Werke wurden eingescannt und digitalisiert. Dadurch
können etwaige Fehler nicht komplett ausgeschlossen werden.
Unsere Kooperationspartner und wir von tredition versuchen, die
Werke bestmöglich zu bearbeiten. Sollten Sie trotzdem einen Fehler
finden, bitten wir diesen zu entschuldigen. Die Rechtschreibung der
Originalausgabe wurde unverändert übernommen. Daher können
sich hinsichtlich der Schreibweise Widersprüche zu der heutigen
Rechtschreibung ergeben.

Jens Peter Jacobsen

Gedichte und Entwürfe

Alle die wachsenden Schatten Verschmolzen zu düste-
rem Schein,
Einsam am Himmel nur leuchtet
Ein Stern so erstrahlend und rein,
Wolken umschnürt sind von dunklen Säumen,
Augen der Blumen mit Tautränen träumen,
    Seltsame Abendwinde
    Schütteln die Linde.

Monomani

(Eine Arabeske)

Ich bin irr.
Doch ich kenn meines Wahnsinns
Ursprung und Wesen.
Ich bin irr, und jetzt will ich singen;
Doch ich weiß, daß ich stumm bin
Und daß die Saiten, die ich schlage,
Die Eisenstangen meiner Zelle sind.
– Ich singe alles das hinaus,
Und es kommt in Klang und Farbe:
Doch der lächelnde Wächter
Sieht nur die Lippen beben,
Die Finger tasten.

So leicht, so begeisternd leicht,
Geht meiner Geliebten Tanz
Wie Libellenflug
Über bräunlichen Schilfkolben.
Und wie das Laub, das in spiegelklare Seen fällt,
Das Wasser erregt, sich zu wiegen
In wachsenden Kreisen und wieder zu fallen,
In des Laubes eigenem, wiegendem Falle –
So fühlte jeder, der meiner Geliebten Tanzschritt sah
Sich seltsam leicht
Und ahnte unbekannte Harmonie
In seinem eignen Gang –
Doch weh! Ihr Fußtritt klingt jetzt schwer,
Die Rhythmen wanken,
Die Glieder ersteifen –
Bürde fiel auf alle nieder,
Und ich ward zu Stein.
O, ich hasse Rhythmen,
Ich liebe, was in Unsicherheit ruht,
Am meisten hasse ich des Sturmes sichren Flug,
Am meisten liebe ich den Nebel –

O! Seht ihr es, seht ihr es!
Mein Paradies kommt näher:
Über dem weißen Sande
Liegt dichter Nebel;
So matt, so tot und glanzlos,
So sinnlos unverständlich
Plätschert das Meer;
Wie Schatten eines Feuers
Flammt die zackige Düne
Dunkel durch des Nebels Rauchwirbel.
Vor mir lauert der glatte, glatte Sand,
Hinter mir gähnen meine Stapfen im Sande,
Meiner schwindenden Kräfte Gräber,
In langer, langer, gleicher Linie.

Du kleine Welt, vom Nebel umgrenzt,
Zu deiner Mitte nahten meine Schritte.
Hinter mir sind kleine Welten
Voll von meinen Stapfen,
Doch auf der andern Seite der Gefängnismauer
Liegt eine Welt, die ich nicht sah und nicht betrat,
In der geht jetzt der Tod;
Und an der Mauer wird er mir begegnen,
Doch ich will es nicht wissen,
Denn mein enttäuschender Blick
Verschiebt sie mit jedem Schritte.
Und wenn der Tod mich bei der Mauer findet
Und mich zu Boden wirft,
Werde ich glauben, daß ich aufgehalten wurde
In der Mitte einer neuen Welt. ...
O, wie matt ich bin, so selig matt!
Und! Das Meer plätschert,
Die Düne wankt,
Und der Nebel ... weh! weh! Der Nebel flüchtet
Vor dem festen Flügelschlage des Sturmes!
Fest steht die Düne,
Glanz zeigt das Meer,
Und auf, auf, nieder, auf, auf, nieder
Wiegt es sich in starken Wogen!

Und der Sturm ist Gottes Gedanke,
Sein starker, klarer Gedanke,
Und ich bin es, den er sucht
In der Stärke und der Klarheit
Doppeltem Grauen!

Doch ich will nicht den Tod, will ihn nicht!
Verbeben meine Seele soll
Wie einer Höhle wirres Echo,
Und an sich ziehen wird er sie
In starkem, vollem, tönendem Gedröhn. ...
O klinget, meine Saiten, klinget
Röchelnd und rasselnd!
Saiten, Saiten, seid ihr aus Eisen?
Ja, ja, es sind Stangen aus Eisen.
Stangen vor meiner Zelle,
Denn ich bin irr!

Winter 1868.

(Die wilde Jagd)

Hat dein Auge je gesehen
Sonnenspiel auf Feld und Wellen,
Während bang die Ohren lauschten
Hufgeklirr und Hundebellen
Von der wilden Jagd,
Nächtlich wilden Jagd.

Bist durch Haine du geflüchtet,
Wie die Hindin ängstlich bebend,
Während wild du vorwärts sprengtest,
Deinen Speer zum Wurf erhebend,
In der wilden Jagd,
Nächtlich wilden Jagd.

Flogst du wie des Waldes Taube
Ängstlich über Sumpf und Feste,
Während du mit gellen Tönen
Scheuchtest Vögel von dem Neste
In der wilden Jagd,
Nächtlich wilden Jagd.

Dann verstehst du, was ich zeige,
Was ich nicht kann offenbaren,
Daß vereint wir durch das Leben
Flüchten, und zusammenfahren
In der wilden Jagd,
Nächtlich wilden Jagd.

Sommer 69

Wo das flache Feld sich schwer erhebt
In länglicher, kammloser Welle,
Hat Heidekraut Frieden.
Da sind rauhe Blätter mit seltsamen Formen,
Da sind wilde Blüten mit starken Farben,
Und über ihnen allen – allen hebt

Ein einsamer Dornbusch die schwere Krone.
Es führt kein Steig zum Fuß des Dornenbusches,
Scheu umgehn ihn die Wege in jäher Krümmung,
Da sind keine Nester in seiner Krone,
Die Sonnenstrahlen fürchten ihn,
Es hängt immer Tau in seinen Zweigen.
Doch wenn in grauem Nebel der Mond erbleicht
Und der Nachtwind seufzend das Land umwogt
Und ausbricht in .....
Wenn gegen tausend Kirchhofsmauern er schlägt:
Dann webt Todesleben um den alten Dornbusch,
Dann gehen dort Schatten,
Dann weht dort ein Summen von toten Blüten
Und ein Klang von vergessenen, versunkenen Glocken.
Und dort, wohin der Wind dann vom Dornbusche
kommt,
Wird Angst geboren und Träume.

Denn der Dornbusch steht auf Gräbern,
Seine Wurzeln rinnen
Zwischen toter Menschen Gebeinen. ...

Spätestens 1870.

Ellen

Eine Tür geht auf,
Ein Hemd wird hell
Im gedämpften Mondlicht.
Und es flattert fort
Zum Stall des Bauern,
Wo die Hufe der Pferde
Aus steinernem Estrich
Schläfrig Funken kratzen.
Es tastet am Riegel,
Und die Tür geht auf,
Das Hemd verschwindet
Im feuchten, weißen Wärmedampf.

Das war des Bauern Tochter,
Das war Ellen!
Arme Ellen,
Sie hat kein andere Seele
Als ihre klaren Augen,
Weiß ja nicht was und weiß ja nicht wie
Mehr als die armselige Trespe,
Weiß nicht, ob der Regen hell ist und warm
Und feucht und kalt der Sonnenstrahl,
Fasset nicht Mienen und fasset nicht Worte,
Sendet den letzten Laut, den sie hört,
Tot von dem Mund wie ein Echo,
Mag es nun sein der Henne Glucken
Oder der Mutter tränenschwere Stimme.

Sie löst ein Pferd,
Und sie führt es vor,
Das Tier erbebt;
Gesenkten Hauptes starrt es wild
Und stemmt seine Hufe
In seltsamem Grauen
Gegen die Erde,
Als ob es verstünde, daß seine Führerin

Mehr sei gebunden, weniger Herr,
Hilfloser noch als es selbst.

Sie schwingt sich hin auf das Pferd,
Und von dannen es geht
Durch dichtes Gras,
Durch der Wiese Ried,
Hin über die dunkle Heide.
Des Mädchens Arm umschlingt den Pferdehals,
Und ihre Locken und des Tieres Mähne
Flattern wild verwebt.

Hügel aufwärts, tief in Gräben
In rastloser Eile,
Schaum fliegt dem Pferde von dem Maul,
Aus taunassem Heidekraut sprüht es auf,
Sand wirbelt von Dünen,
Auf dem Wege entlang, den Weg zurück,
Die Kreuz, die Quer,
Hin und her.
So geht die Fahrt die lange Nacht
Gen Morgengrauen und Tod.

War es nur ein Wahnsinnsritt,
Oder war es ein Körper, der raste, seine Seele zu fan-
gen?
Sind dort hinter den funkelnden Sternen Augen, die
wachen?
Gibt es mehr Leben als das auf der Erde?

Reinschrift 3. April 70.

Im Garten des Serails

Rosen senken die Häupter, schwer
Von Tau und Duft,
Und Pinien wehen so still und matt
In schwüler Luft.
Quellen wälzen die schwere Flut
In müder Ruh,
Minarette ragen im Türkensinn
Dem Himmel zu.
Und gleichförmig gleitet der Halbmond hin
Über das sanfte Blau,
Und er küßt der Rosen und Lilien Schar,
Jede Blumenau
Im Garten des Serails,
Im Garten des Serails.

Reinschrift April 70.

Faustina und Faust

(Ein Fragment)
Erstes Kapitel

Eine Zelle in einem Nonnenkloster. Im Hintergrunde ein einfaches Lager, auf dem ein Totenkopf und eine Geißel liegen. Im Vordergrunde ein großes Kruzifix.

Faustina

(steht am offenen Fenster)

Nein, darin ist kein Christentum zu finden,
Zerknirschung nicht noch seufzendes Gestöhn,
Nicht Myrrhenrauch und schwere Psalmennebel. –
O welch ein Abend doch, wie wild und schön!
Nicht Heilgenblut ist in des Westens Farbe,
Und mit dem Düster keine Ruhe kam,
Kein Beten ist in diesen Flötentönen,
Hier knirschet nicht des Kreuzes trockner Stamm.
Zur Sonne, diesem flammenroten Moloch,
Die dunklen Wolken senken sich mit Lust,
Und liebestrunken birgt ihr Haupt die Erde
An dieses Dämmers geiler Buhlenbrust.

(geht vom Fenster zum Kruzifix)

O, weshalb forderst du so mild, mein Heiland,
Beständig vom Armseligsten in mir?
Was kommst du nicht, so wie dein starker Vater
Kam zu Maria? Sieh, ich biet mich dir!
Ach, krank und leidend an dem Kreuz du hangest
Und willst nur Tränen oder schwer Gestöhn,
Still soll es um dich sein, wie bei dem Kranken,
Still – und ich bin so heiß und stark und schön!
O komm in deiner Schönheit als ein Buhle,
Greif feurig oder wild nach deinem Raub!

Froh werde ich in deine Arme eilen,
Von dir zerschmettert sink ich in den Staub.

(Sie löst die Nonnentracht und steht nackt da)

Du willst mich nicht! Nein, niemand mich begehret.
Wozu doch diese reiche Formenpracht?
Ich hätte lieber diese blanken Glieder
Den Bissen eines Geiers dargebracht ...

1870?

Namenlos

Eines Abends denke ich vor allen,
Denk an ihn klar, wehmütig-stolz,
In jubelnder Demut –
Still war es im Zimmer,
Singendes Schweigen;
Klar und mild fiel der Lampe Schein
Über die feinen, lieblichen Züge;
Und ich sah – doch nicht, daß der Lichtschein fiel
Über die feinen, lieblichen Züge –
Nein! Es war, wie wenn meine Seele
In Schaffensgewalt wiegte
Das Antlitz aus des Lichtes bebendem Strom hervor.
Die Augen sahn auf mich so sehnsuchtsmilde,
Daß mein Gedanke flüsterte in seltsamem Mute,
Ich wäre ihrer wert ...
Dann schwanden die Züge in den Schatten.
Kein Wort ward laut –
Worte waren zu schwer für meine Gedanken –
Und Handdruck ward nicht gewechselt,
Denn ich wußte nichts von meinem Dasein.
Und dennoch weiß ich, daß wir uns gehören
Und niemals etwas uns trennen kann.
Und träfen niemals wieder wir zusammen.

Reinschrift 6. Oktober 70.

Reime

I

Schneidet, schneidet Hafer,
Jedes Hälmchen klein!
Wer wird Hafer binden,
Wer wird oben sein?
Wer nimmt mich,
Und wer nimmt dich,
Wer wird uns verschmähen?
Gott nimmt seins, und Satan seins,
Niemand bleibt hier stehen.

II

Nur Gefahren! Kriegsmann!
Jeder in Gefahr!
Jeden sticht die Nessel,
Jeder fühlt die Fessel.
Alle enden wir fürwahr
In dem schwarzen Kessel.

1870.

(Aus einem Brief)

Allmählich, je mehr ich in die Erzeugnisse der neueren dänischen Dichtkunst eindringe, sehe ich klarer und klarer, daß ich bisher ganz im Nebel gearbeitet habe und daß, falls ich den Löffel nicht in die andre Hand nehme, ich es nie zu etwas bringen werde. Sowohl Sie als auch ich haben uns geirrt, wir sind gewesen wie jene törichte Jungfrau Martha, die sich Mühe mit mancherlei Dingen machte und das Eine vergaß, was not tut. Das Eine, was not tut, ist die Unschuld. »Wenn wir nicht werden wie die Kindlein, so werden wir niemals auf den dänischen Parnaß kommen.« Unsere Poesie ist ein wahrer Garten Edens, wo die Dichter in dem bloßesten Unschuldszustand umhergehen; es ist nur der Unterschied zwischen ihnen und Adam und Eva, daß sie trotzdem das Feigenblatt tragen – aber auf der andern Seite fehlt ihnen – –

1871?

An Agnes

Alle meine Wünsche sind von dir entfacht,
Alle meine Träume sind dir dargebracht,
Alle meine Worte nehm ich von deiner Lippe.
Doch wünsche ich wild
Und denke ich scharf
Oder fallen meine Worte zu schwer,
Dann glaub mich schwach, glaub mich nicht schlecht,
Glaub, daß ich, müd noch vom Gefecht,
Sinke in alter Verwirrung Geflecht.
Sprich dann zu mir sanft und still
Deine hellen, milden Worte,
Wo funkelnde Tränen erbeben,
Zieh mich dann mit dem leichten Flor,
Der Gedanken stummem Geseufz.
O, verschließ das Aug der Träne,
Schließ dem leisesten Seufzer die Brust!
Denn Tränen, die sieht man, Seufzer man hört,
Und daß ich Schmerz dir angetan,
Darf ich wohl ahnen, doch niemals wissen,
Niemals wissen!

Februar 71.

Nennt mein Gedanke dich –
Rötet die Wange sich,
Ballt sich die Hand
Und bebt mir die Lippe.
Ein Duft von Tau auf neuersproßtem Laub,
Die leichten Schatten eines nackten Strauchs,
Rotgelber Sonnenblink auf fernen Fenstern,
Die Hand, die meine Schulter jäh verläßt,
Zwei Lippen, die in Angst und Schmerz,
Doch lautlos, hurtig auseinanderbersten:
In kurzem Augenblick geht das an mir vorbei.
Dann ist es Nacht,
Und oben, gegen einen dunklen Himmel,

Von Geistern getragen, die ich sehe
Als düstres Kräuseln, aber ohne Farbe,
Schwebst du, wie hingegossen, in der Luft.
Dein Kleid ist weiß und unbeweglich,
Dein Arm ist über dein Gesicht gebogen,
Und nur des Mundes Schmerzenszug ist nicht verbor-
gen.
So sehe ich dich langsam schwinden
Und sinke selber mit der Erde.

Marktszene aus »Mogens«

1

Jütland. Es war das Jahr darauf im Septembermonat auf dem Kanstruper Markt, im Quatember. Mitternacht war vorüber. Es sollte am nächsten Tag abermals Markt sein, deswegen standen die Zelte noch. Drinnen in Rasmus Kryles Zelt waren noch Leute wach. Licht schimmerte durch das Segeltuch, und Schatten bewegten sich darüber hin. Über lange, leere Borte und Bänke von ungemaltem Fährenholz trieb der Qualm von Tabak, Bier und feuchtem Beiderwand. An dem einen Ende waren braune Jahrmarktkisten, leere Anker, vornüberhängende Tonnen und fettiges Steingut aufgestellt. Dahinter lagen Kryles Frau und Mägde und schliefen in einem Durcheinander von Federbetten und Stroh. Eine Stallaterne warf ihr flackerndes Licht auf ihre müden Gesichter. An einem Tisch am andern Ende saßen Mogens und ein brünettes Frauenzimmer in verschossenem Rot und verschlissenem Sammet. Mogens war bleich und mager, es war etwas Hartes in die Art und Weise gekommen, mit der er seinen Kopf bewegte, und es lag gleichsam etwas Grausames um seinen Mund. Ihm gerade gegenüber saß ein kleiner, rundlicher, kurzhalsiger Bauer mit einem rotbraunen, bartlosen Gesicht; er hatte seine Mütze verloren und ein großes, blaukariertes Taschentuch über den Kopf gebunden. Es war Jens Svingbjerg; Peter Steuerlos saß neben ihm in blauer Seemannsjacke und blanker Mütze, er hatte einen langen, bloßen Hals, einen großen, lippenlosen Mund, zu lange Nase und kleine Augen ohne Brauen. In den Ohren trug er große, glänzende, goldene Ringe. Am Ausgang des Zeltes saß ein zerlumpter Bursche auf einem Bierfaß und schlief, das war der Mann des Frauenzimmers. Kryle ging hin und her in großen Binsenschuhen, verschwand in der Finsternis, um nach einem Kessel zu sehen, der sang und brodelte, und tauchte auf, um die Lichter zu putzen und an einem Glas zu nippen, das am Ende des Tisches stand. Niemand sagte etwas, es war ganz still. In weiter Ferne krähte ein Hahn. Jens fing plötzlich an, mit gellender Stimme zu singen:

---

1 Diese Szene ließ J.P. Jacobsen im letzten Augenblick, ehe die Erzählung gedruckt werden sollte, aus und ersetzte sie durch ein Referat.

»Wenn einst kommt der Tag,
Daß ich dem König soll dienen
Und tragen die Flinte so schwer,
Dann will ich ...«

»Halts Maul, Jens, und sieh nach, ob angespannt ist!«

Als Mogens das gesagt hatte, ergriff er ein Glas und warf den Inhalt über den Mann auf dem Bierfaß:

»Wach auf, Bajads!« rief er, »und nimm Martha mit!«

Der Mann fuhr in die Höhe, sah sich verstört um, sank wieder auf seinen Platz nieder und schlief weiter.

»Wirf ihm das Glas an den Brummschädel, dann wird er schon aufwachen«, schlug Peter Steuerlos vor.

Mogens schüttelte unwillig den Kopf.

»So ein Kerl!« wandte Peter ein, »er kann so viel vertragen wie sieben Satans und drei Roßkämme.«

Martha hatte dagesessen und Mogens forschend angesehen, sie legte ihre braune Hand auf seinen Nacken, bog ihr Gesicht unter das seine und sagte mit ausländischem Akzent, kreischend und zornig: »Ich gehe nicht mit Naudin, nein, nein, nein!«

»Rühr mich nicht an, Weib!« schrie Mogens und schleuderte ihren Arm von sich, so daß die Hand auf den Tisch niederschlug.

Martha wurde leichenblaß, und ihre großen, schwarzen Augen funkelten, ihre Züge wurden gleichsam geschärft, und die Unterlippe sank bei den Mundwinkeln herab; mit einem gellenden Krampfgelächter ließ sie sich unter den Tisch sinken und blieb schluchzend zu Mogens' Füßen liegen.

Man hörte Jens draußen singen: »Einen Abend ging ich meinen gewöhnlichen Gang, Da hört ich, wie ein Mädchen so trau-au-rig sang ...«

Er kam singend herein, als er aber sah, was hier vor sich ging, schwieg er plötzlich und schlich still an seinen Platz. Mogens sah fragend zu ihm hinüber. Er nickte.

»Rasmus, mehr Punsch!« rief Mogens, nahm eine Flasche und strich damit ganz ruhig Stück für Stück von dem, was auf dem Tische stand, an die Erde: »Und du, Martha, setz du dich hin und sei vernünftig!«

Es wurden große Gläser mit dampfendem Punsch hingestellt. Peter beugte sich unter den Tisch hinab und flüsterte:

»Komm nur her und trink einen Schluck, du kannst ja doch sehen, daß ihm über Nacht der Kopf nicht steht, du pflegst doch sonst alert und verständig zu sein.«

Martha tauchte auf und setzte sich. Mogens klopfte sie auf den Rücken, und Jens trommelte vor Lustigkeit auf den Tisch.

»Na, Jens!« rief Peter, »erzähl uns mal von den Skrämer Musikanten und den Kanstruper Ebern!«

»Nein!« sagte Jens, »Rasmus soll von dem Probenreiter erzählen, der ihm die Branntweinkonzession verkaufte.«

»Könnte Peter nicht lieber von damals erzählen, als er im Dunkeln freite und bei Licht getraut wurde?« fragte Rasmus vorsichtig.

»Nein!« rief Peter, »zum Teufel mit allen Frauenzimmern, und Gott lasse sie nicht länger leben, als Staat mit ihnen zu machen ist! Prost, Jens! Sing uns was vor! Hast du Klemme Nöffes Walzer vergessen? Sof, nöf, nöf.«

Aber Jens war schon zu weit mit dem Punsch gediehen und befand sich in betrüblicher Laune; mit meckernder Stimme begann er zu singen, während ihm die Tränen an den Wangen herabliefen:

»Ach Welt du! ach Welt du!
Dein Unglück ist groß,
Dein Trauerflor einen jeden verdroß.
Ich liebte einst ein Mädchen
in der Rendsburgerstadt,
Da war ich so froh,
da war ich Soldat.«

Peter schüttelte ihn, um ihn zu ermuntern. Das half. Jens geriet ganz aus dem Häuschen und fing an, ihnen Menuett vorzutanzen, mit plötzlichen Unterbrechungen von Hamburger-Schottisch. Peter juchzte einen Singsang dazu, Martha stieg auf die Bank und jodelte, und Rasmus klingelte vorsichtig mit einem Teelöffel gegen sein Glas.

Endlich wurden sie müde und bestiegen den Wagen. Mogens und Martha auf dem Vordersitz, Jens und Peter hinten drin. Rasmus stand da und dankte und wünschte ihnen glückliche Heimfahrt. Jens stand im Wagen auf und sang:

> »Nun beklag ich alle,
> Der Mormone uns bringt zu Falle,
> Will uns aus dem Land vertreiben.«

Und dann fuhren sie. Auf einmal bog der Wagen in einen Seitenweg ein. Peter sagte, das sei verkehrt, Mogens sagte, für dies Mal müsse es richtig sein. Sie kamen auf einen alten Heideweg, ein Roß auf dem Anger, eins in der Wagenspur, beide auf dem Anger, beide in der Spur, Ruck folgte auf Stoß und Stoß auf Ruck, dahin sauste der Wagen.

»Ich will runter!« rief Jens, »das ist ein wilder Weg, und ein toller Mann führt.«

Mogens hielt, und Jens sprang ab.

»Adieu, Jens Svingbjerg!«

Der Weg wurde nicht besser, und Mogens peitschte aus Leibeskräften auf die Pferde los. Bald neigte sich die eine Seite des Wagenkorbes nach dem Wegesrande hinab, bald die andere, die Pferde oben, der Wagen in einem Loch, die Pferde unten, der Wagen oben; gerade vor ihnen lag der große Heidehügel, darauf ging es los. »Halt!« kreischte Martha. Dann kam sie herunter. Mogens fuhr den Hügel hinan, er stand aufrecht und schrie und hielt zurück, die Stränge waren so stramm, als sollten sie zerspringen, die Deichsel war kurz davor, aus den Kuppeln zu gehen; den Hügel hinab, – die Pferde zogen jedes nach seiner Seite und stürzten vorwärts, jeden Augenblick war der Wagen kurz davor, ihnen auf die Beine zu fallen. Als sie unten angelangt waren, wandte sich Mogens nach Peter um. Er war nicht mehr da. Im selben Augenblick sauste etwas Schweres an Mogens vorbei. Es war Peters großes Taschenmesser.

»Das sieht dir ähnlich, Peter Steuerlos!«

Mogens fuhr langsam weiter, um einen Weg zu finden. Im Osten dämmerte es, die Lerchen sangen, und der Tau blitzte auf dem Heidekraut.

April 1872.

Wiebe Peters

Umrisse zu einer Romanfigur

Im vorigen Jahr, als wir im Krieg zwischen Frankreich und Deutschland lebten, traf es sich so, daß ich mich einen Monat auf der kleinen Insel Anholt aufhielt.

Es mochte ungefähr acht Tage nach Beginn des Krieges sein, als ich in einer Mittagsstunde in den kleinen Gäßchen stand, das die Anholter Kirche auf der einen und den Bretterzaun eines Gartens auf der andern Seite hat. Drinnen im Garten stand eine Anholterfrau, und mit ihr sprach ich. Ich erinnere mich des Ganzen noch so deutlich, daß, sobald meine Gedanken darauf verfallen, ich die rote Brandleiter der Kirche und die blauen Glockenblumen auf dem Kirchhofsdeich vor mir sehe; die schwüle Sommerluft und den starken, schweren Duft von großen Nesseln spüre ich im selben Augenblick, und ich höre, was ich damals hörte.

Wir hatten von Steffen Storm gesprochen, der im Lager bei Hald lag, und wie traurig es wäre, daß er in solchen unruhigen Zeiten da sein müsse und daß er der einzige jetzt lebende Anholter sei, den ich nicht gesehen hatte. Wir sprachen davon, daß alle Leute auf der Insel untereinander verwandt waren und daß alle Häuser auf einem Fleck nebeneinanderliegen; deswegen äußerte ich, daß die Bewohner sich im Laufe des Tags Dutzende von Malen sehen müßten, und da erzählte sie mir, daß sie im Laufe der letzten fünf Tage keinen Fuß in das Westende des Dorfes gesetzt habe. Da auf einmal kam ein wunderlich dumpfer Laut und erschütterte die Luft drinnen in dem Gäßchen, und ehe ich begriffen hatte, was es war, kam noch einer. Es war ein ferner Kanonenschuß – es war der Krieg, es war die französische Flotte, die im Heransegeln begriffen war, so setzten meine Gedanken fort. Der Laut hielt an, und meine Hoffnung schlug Seeschlachten, schäumte dahin mit französischem Geschwader und strich deutsche Flaggen, so daß ich nur schwach, gleichsam aus der Entfernung, und vielleicht war sie auch gegangen, die Frau rufen hörte: »Ach Gott, behüte Steffen Storm!«

Eine einsame Kuh brüllte vor Sehnsucht nach dem Stall, wurde heimgeholt und schwieg. Ein Kind stand in einer von den Türen und weinte; da wurde die Tür geschlossen, das Kind weinte da drinnen, und dann verstummte auch das. »Ach Gott, behüte Steffen Storm!«

Welch wunderliches Volk, das sein ganzes Leben hier, das nur hier leben kann. Leute, denen das Treiben der übrigen Welt, ihre Kämpfe und wechselnde Schicksale fern, nebelhaft und farblos sind wie die Träume vom vergangenen Jahr. An die hundert Menschen, deren Dasein so miteinander verschlungen, verknüpft, verwoben ist, daß der Tod wohl Kummer, aber kein Vergessen bringen kann: denn von demjenigen, der vor sieben Jahren starb, wird jetzt so gesprochen, als habe er gestern noch gelebt, und seine Witwe kommt jeden Sonntag in Trauerkleidern in die Kirche bis an ihr Lebensende, und wenn der Segen über die Gemeinde gesprochen wird, darf sie nicht aufstehen, denn das Licht von Gottes Antlitz darf nicht voll auf sie fallen, weil eine so große Freude ihr nicht zukommt, deren Ehegatte davongegangen ist.

Ich entsinne mich noch, wie ich mich an jenem Abend danach sehnte, einen dieser Menschen so recht zu verstehen, einen Augenblick mit ihren Gehirnen zu denken, mit ihren Herzen zu fühlen und mit ihren Sinnen zu empfinden: das würde mehr neu sein, als es die neue Welt für Kolumbus war.

Gleicher Art war meine Stimmung und gleicher Art waren meine Gedanken, als ich im Sommer auf den Dämmen draußen vor Eppenföhrde stand ... Da lag das Dithmarschenland mit seiner blaugrünen Marsch und seiner fetten Geest, da lag das Meer, Dithmarschens Schöpfer, Ernährer und Feind, das Meer, von dem sie dachten, was Hiob von Jehova sagte: das Meer hat es gegeben, das Meer hat es genommen, der Name des Meers sei gelobt. –

Herbst 72 ?

Ohne Titel

Zeit ists jetzt zum Stelldichein! Zeit ists jetzt zum Stell-
dichein!
Als ein großer, goldner Schein
Streicht das Licht von meiner Lampe
Über Gärten, über Hecken, über weit, weit fort.
Und das locket und das trägt?
Ja, das locket und das trägt,
Wild es ihm das Herz erregt,
Heiß es ihm das Blut bewegt,
Und mit sehnsuchtshellen Blicken,
Und mit liebestrunknem Hirne
Eilt er vorwärts, ungeduldig,
Wie der Sturm wild, wie die Welle,
Wie sein Schatten, wie er selbst.

Und ich freu mich, und ich bange.
Werde rot und werde bleich.
Völlig ruhig will ich sitzen.
Ich will summen.
Wenn ich könnte!
Doch mir fehlt es fast an Atem,
Völlig ruhig will ich sitzen.
Ich will starren auf sein Bild.
Kommt er jetzt – kommt er nicht,
Kommt er jetzt – kommt er nicht.
Kommt er nicht – kommt er nicht ....
O die Stille! Ich verzweifle.
Ho ho ho und so so so.
Verlach deine Schönheit,
Dein Herz und meinen Glauben,

Verlache deinen Glauben und mein Herz!
Wenn du wüßtest, wie reich ich mit dir war!
Wenn du wüßtest – – –

Herbst 72?

Griechenland

Weiß ist der Marmor,
Doch leuchtet er nicht.
Schlank sind die Säulen,
Doch ragen sie nicht.
Üppige Pracht der Kapitäle ist verschwunden.
Zusammengerollt ist das Akanthosblatt,
Ist welk und gefallen,
Mischt verwitternd seinen Staub mit dem des Sockels.
Leer sind die goldnen Schalen,
Ihr Erz führt keine Sprache.
Hebe hat nur Tränen,
Bacchos hat nur Weinlaub,
Schläfrig spielen die Panther mit dem Thyrsos.
Vor Alter zittert Zeus' lockenschweres Haupt,
Poseidon ficht mit seinem Dreizack seltsam in der Luft,
Und Phöbos sieht betrübt nach seiner Sonne;
Der ledigen Pferde Hufe
Trampeln auf strangloser Leier.
Es schlummern die Musen,
Getrennt sind die Grazien.

Doch alle seine Blätter hat der Lorbeer.

Zwischen den Säulen steht dort ein Lorbeer,
Starkstämmig, kurzstämmig, großkronig und breit.

An den Säulen herab, in ihnen wurzelnd.
Laufen die dornigen Ranken,
Spielt das flimmernde Laub
Der Pflanze, deren purpurgoldene Rosen
Von den Frauen des Südens geliebt sind.
Vieler Männer Wege gehn an den Säulen vorbei,
Aller Männer Blicke hüten die Rose,
Viele Blüten trägt sie,
Und hochgeborene.

Doch bevor der Tag gekommen,
Ist ihr Blütenflor geteilt.

Doch alle seine Blätter hat der Lorbeer.

Reinschrift 28. Nov. 72.

Ohne Titel

Redemüde ist der König,
Dürstet nach Gesang.

— — — — — — — — — — —

Ein Lied, Herr König!
Ein Lied sollst du hören,
Denn hoch noch steht das Bier im Hörne,
Und noch nicht hat es als gaukelnder Nebel
Sich um die Gedanken der Männer gewunden;
Noch hat es nicht deren Stimmung erregt,
So daß sie uns feil ist als billige Buhle.
       Es ging der Gode,
       Das ist das Beste.

— — — — — — — — — — —

Da ist nicht mehr Flut, da ist nicht mehr Land,
Nicht menschlicher Tritt oder lebender Hauch:
Es ist fern, ferner noch als Blaulands ferneste Küsten,
Nicht nach Meilen zu messen,
Nicht in Jahren zu nahn,
Flögst du im Adlerskleid, bis die Federn fielen,
Niemals kämst du dorthin, flögest von dort fort!

Mein Blick wird blöde, mein Auge sieht –

Da ist nicht mehr Flut, da ist nicht mehr Land,
Nicht menschlicher Tritt oder lebender Hauch.
Da sind nur die großen, die uralten Zeiten,
Sie liegen, erstehn, getragen
– Wovon? Oder tragen sie selbst sich?
Sie türmen sich auf zu Bergen,
Die neun Welten beschatten.
Sie haben strahlende Gletscher, die leuchten
Für Welten und Welten wieder.

Dunkle, sturmgejagte Wolken strandeten an ihrem Fuß,
Nordlicht rieselt in wechselnden Bogen
Über die dunklen Seiten.

Und hinter ihnen ist Licht in Licht
Wie Gold, das sich im Golde bricht.

Nastronds Qualen über alle Goden!
Helheims Übel über euch Verzagte!
Weshalb ist unsere Zeit ein grasiger Talstrich,
Wo sich der Nebel zur Ruhe gelegt?
Weshalb ist unsere Zeit ein breitmundiger Bach,
Der blinzelnd vor Schlafsucht träge dahinschleicht?
Weshalb sind Männer gleich schartigem Schwert
Das matt im Gefecht und tot im Bisse,
Ohne Kraft oder Klang im Schwunge?
Und weshalb ist jede Frau unsrer Länder
Ein Perlenbüschel auf mürben Fäden?
Murmelt ihr Antwort mir,
Oder wartet ihr noch?

Mein Sang ertönet:

— — — — — — — — — — — —

Spätestens 1873 ?

Hochzeitslieder

I

Ranken des Lebens prangen voll und strotzend,
Schwer ist ihr Tanz;
Strahlendes Licht der Hoffnung schlingt sich trotzend
Zu einem Kranz.
Farben vom Leben spielen unterm Laube,
Ruhenden Tönen schwellend Klang entsprießt.
Greift nach jeder Traube!
Lebt und genießt!

Allmacht der Jugend siedet euch im Blute,
Gluttrunkener Saft
Sehnt sich zu schaffen, und an neuem Gute
Prüft er die Kraft.
Spannt eurer Welten dreist gebrochne Bogen,
Schleudert den schlanken Bau zum Himmelsfeld,
Füllt mit starken Wogen
Neu eure Welt.

II

(Gruß von den Dryaden des Tiergartens)

Lang genug hat uns diese Fahrt gedauert,
Wenn auch ein Extrazug uns der Stadt zutrug.
Zu eurem Preis
Singen wir mit Fleiß,
Schwingen euch in buntestem, rhythmischem Kreis.

Allesamt wir die stummen Zeugen waren
Von eurer Leidenschaft erstem Morgengraun,
Mieden nicht ein
Kleines Stelldichein,
Tranken des Liebestraumes wundervollen Wein.

Deshalb wir jetzt den Gruß euch überbringen.
Auf daß ihr sehet, daß ihr nicht vergessen seid,
Euch das wohl gefiel.
Eil dich, Kirsten Pil!
Stille, jetzt beginnt ...

Der Wald liegt jetzt öde,
Die Vöglein sind fort.
Versiegt sind die Quellen,
Die Blumen verdorrt.

An den Busen des Nebels
Das Tageslicht flieht,
Um des Winters Karosse
Ein Schneekranz sich zieht.

Nicht führet Gott Amor
Den Sommer herbei,
Er pocht an die Scheiben:
Jetzt eilt euch, ihr zwei!
Des Pfeils nicht bedarf er
Auf diesem Gang,
Ein Posthorn jetzt hängt,
Wo der Köcher einst hang.
Recht bald wird er führen
Das Horn an den Mund,
Da müsset ihr reisen
Zur selbigen Stund.
Mögt glücklich ihr fahren
In der Zukunft Land,
Denn weit kann euch führen
Solch Kutschdilettant.
Und landet ihr einstmals
Hier wieder, so denkt,
Als Hymen hat euch ja
Gott Amor gelenkt!

Januar 1873.

Arabeske

zu einer Handzeichnung von Michelangelo

(Frauenprofil mit gesenktem Blick, in den Uffizien)

Nahm Land die Woge?
Nahm sie Land und zog sich langsam,
Rollend mit des Kieses Perlen
Wieder zu der Wogen Welten?
Nein! Sie bäumt sich wie ein Zelter,
Hebt empor die feuchte Brust!
Durch die Mähne stoß der Schaum
Schneeweiß wie des Schwanen Rücken.
Strahlenstaub und Regenbogen
Spritzten hoch auf in die Luft:
Wie ein Vogel
Warf sie Federn,
Flog auf breiten Schwanenflügeln
Durch der Sonne weißes Licht.

Ich kenn deinen Flug, du fliegende Woge;
Doch der goldne Tag wird bleichen.
Wird, tief in nächtlich dunklem Mantel,
Müd sich zur Ruhe legen,
Der Tau wird glühn in seinem Atem,
Blumen werden sein Lager umschließen,
Eh zum Ziele du kamst.
– Und kamst du zu dem goldnen Gitter
Und strichst auf still gespreizten Schwingen
Über des Gartens breite Gänge,
Über des Lorbeers, der Myrten Wogen,
Über die dunkle Magnolienkrone,
Von deren lichten, ruhig schimmernden,
Von deren starrenden Augen gefolgt,
Über geheimnisvoll-flüsternde Iris.
Der Geranien Duft,
Der Tuberosen und Jasmine schweratmende Duft

Trug dich dahin in die tränenden Träume,
Trug dich zu der weißen Villa,
Mit den mondeshellen Fenstern,
Mit der Wacht von hohen, dunklen,
Hohen, treulichen Zypressen,
Da vergehst du in ahnender Angst,
Wirst verzehrt von dem bebenden Sehnen,
Gleitest vor wie ein Lufthauch vom Meere,
Und du stirbst zwischen Weinrankenlaub,
Sausendem Weinrankenlaub,
Auf dem Marmortritt zum Erker,
Während der Gardine kalte Seide
Sich in schweren Falten langsam wiegt
Und die goldenen Traubenbüschel
Von den angstverdrehten Ranken
In des Gartens Gräser fallen.

Glühende Nacht!
Langsam brennst hin du über die Erde;
Wechselnder Träume seltsamer Rauch
Flackert und wirbelt dir nach in der Spur,
Glühende Nacht!
Wille ist Wachs in deiner sanften Hand,
Und Treue nur Schilf vor deines Atems Hauch!
Wie hält sich Klugheit wider deine Brust,
Und Unschuld wie, betört von deinem Blick,
Der nichts gewahrt, doch sauget wild
Zu Sturmflut roter Adern Strom,
Wie Mondlicht saugt des Meeres kalte Flut?
– Glühende Nacht!
Herrliche, blinde Mänade!
Fort durch das Düster blinken und schäumen
Seltsame Wellen von fremdem Laut:
Bechergeklirr,
Schnelle, singende Klänge des Stahls,
Blutgeträufel und Blutender Röcheln,
Und dumpfes Wahngebrüll vermengt
Mit purpurroter Sehnsucht heisrem Schrei ...
– Doch Seufzer, glühende Nacht?

Schwellende, sterbende Seufzer,
Sterbend, um neu zu entstehn,
Seufzer, du glühende Nacht!

Der Gardine Seidenwelle trennt sich,
Und ein Weib, so hoch und herrlich,
Hebt sich dunkel ab von dunkler Luft.
– Heiligen Schmerz im Blick,
Schmerz, der nicht zu lindern,
Hoffnungslos,
Brennender, zweifelnder Schmerz.
– Nächte und Tage schwirren um die Erde,
Jahrzeiten wechseln wie Farben auf Wangen,
Sippe auf Sippe, in langen, dunklen Wogen
Rollen auf der Erde,
Rollen und vergehn,
Während langsam Zeiten sterben.

Weshalb leben?
Weshalb sterben?
Weshalb leben, wenn wir dennoch sterben?
Weshalb kämpfen, wenn wir wissen.
Daß das Schwert uns doch entwunden wird?
Weshalb diese Glut von Qual und Schmerzen:
Tausend Stunden gehn in trägem Leiden,
Trägem Laufen in des Todes Leiden?

Ist das dein Sinnen, hohes Weib?

Stumm und ruhig steht sie auf dem Erker,
Hat nicht Worte, Seufzer, Klagen,
Hebt sich dunkel ab von dunkler Luft
Wie ein Schwertstreich durch das Herz der Nacht.

1874? (Etwas von dem Gedicht aus 70.)

Der Engel Asali

2

Und wären Perlenschnüre Saiten
Meiner tönenden Geige
Und ein Mondesstrahl ihr Bogen,
Daß ihr lauteres Tönen entsteige.
Ich vergäße doch nie den Gesang,
Der im Herzen mir klang.
Als zum erstenmal des Wortes Engel
In dem Morgenrote vor mir schwebten.
Glühend fiel das Licht auf Haar und alle Schwingen,
Und es spiegelte blank sich in ihren Klingen,
Morgenwind durchsauste ihre Tracht,
Zeigten ihrer Glieder marmorweiße Pracht.
    Sie sind schön, des Wortes Engel,
    Wollen keinen Kampf vermeiden,
    Deshalb tragen sie die Schwerter
    In den schlangenleibgezierten Scheiden ...

1874?

Das sind Seraphen:
Seraphen rollten fort die schönen, blanken Sterne
Und schlangen Dunkel um der Erde Schultern,
Sie sprühten Tau auf Täler und auf Höhen
Und hängten goldne Wolken auf im Osten.
Bereit ist alles, und die Himmel warten,
Die Sonne harrt errötend hinter Bergen
Des Winkes von Gottvaters Herrscherthron ...

1874?

---

[2] Darüber steht: Eros sacer. Studien in Versen nach alten italienischen Kirchenmalereien.

Ohne Titel

Trinkt aus klirren Glaspokalen,
Die Burgunderwellen malen
Dunkelrot sie wie Rubine.
    Verschwundener Tag,
    Verschwundene Zeit
    Heben sich wieder im Herzen.

Die Dämmerung werde!
Es wandte die Erde
Sich fort von des Sonnenlichts Strömen.
    Wilde Rose am offnen Weg,
    Weinrose, Weinrose!

Wilde Rose am offnen Weg,
Wo ist der lichten Sommernacht Traum?
Schwand wie des Tonstromes flüchtiger Schaum.
    Weinrose, Weinrose!

1879 ?

Ohne Titel

Seidenschuhe auf goldnem Spann!
Ein Mädchen ich mir gewann!
Ein holdes Mädchen ich mir gewann!
Keine ist wie sie auf der Welt gewesen,
Keine wie sie ist so fein.
Wie Himmel im Süden und Gletscher im Norden
Ist sie rein.
Sie ist das irdische Glück meines Himmels,
Und Flammen, entspringend dem Schnee.
Keines Sommers Rose ist roter,
Als ihre Augen sind schwarz ...

Turmwächterlied

Jetzt ist es Nacht,
Die Scheide, selbst gebracht
Von Gott, dem Herrn, bevor die Zeit noch war,
Sie, zwischen klarer See des Lichts
Und dunklem Meer der Nacht,
Sie ist verrückt von ihrem Grund,
Für kurze Stund
Nur, wollen wir demütig hoffen.

Noch flimmert in dem fernen West
Ein Schein von reichen Lichtesfluten,
Doch sind sie weder still noch fest
Und werden bald verbluten.

Ihr Volk auf Burg und Feste,
Ihr, die auf Wegen fahren,
Und ihr auf salzgem Meer,
Mit Gebet beginnet,
Eh der Tag gewinnet
Jäh die Oberhand.
Aufwärts müßt ihr leiten
Euer Denken vom Heimatsort,
Und laßt die Herzen treiben
Wünsche zum Himmel fort.
Denn Gott ist der Herr und barmherziglich
Immer und ewiglich.
Herr, jetzt kommen die
Guten und Bösen,
Kranken und Starken, Mit Ruf und Sprache,
Mit Schmerz, in des Kreuzes
Heiligem Zeichen.
Du hörst auf sie alle in deiner Gnade,
Erhöre sie nach deinem Willen,
Und lasse sie christentreu beten!

1874?

53

3

---

[3] Von diesem Gedicht fand sich zwischen J's Papieren nur eine von zweiter Hand besorgte Abschrift. Aber der Titel steht in einem Verzeichnis angeführt, das J. von den Gedichten gemacht hat, die er in eine Sammlung aufzunehmen beabsichtigte; daher darf man annehmen, daß das Gedicht von ihm ist.

(Um mein Bild)

Sarglinnen als Girlanden um mein Bild,
Und auch Zypressen, aber keine Palmen,
Ein Handvoll Lilien ohne ihre Stengel,
Mit grauer Asche auf den weißen Blättern;
Zerbrochne Urnen, abgewandte Fackeln,
Kalkweiße Totenbeine, schwarze Fahnen;
Doch keine Hände ineinandergreifend
Und keinen Schmetterling im Flug zum Himmel!

1874?

Landschaft

Die weite Heide mit moosigem Fels,
Sanft schimmernder See in der Ferne,
Ein roter Streif, wo die Sonne versank,
Und einige flimmernde Sterne.

Und seltsam sausender, nächtlicher Wind
In schwerem und seufzendem Schlummer,
Als bangte bewegt eine Seele in ihm
Für irdische Schmerzen und Kummer.

Bei steigender Sonne wohl mancher Wunsch
Strich vorwärts auf mutigen Schwingen;
Wer weiß es, wird nicht der seufzende Wind
Die Wunden und Müden uns bringen?

Wer weiß, ob sie nicht versammeln sich hier
Wie Vögel zum herbstlichen Zuge
Und prüfen: haben die Flügel noch Kraft,
Versagen sie immer im Fluge?

Und viele fühlen, wie sie schon längst
Hinab den Todesstrom gleiten,
Die andern heben sich, Schar folgt auf Schar,
Geheilt in des Traumreiches Weiten.

Reinschrift 1875.

Marine

Unter des Haares tiefschwarzer Hut
Augenpaars blinkende Zwillingsglut
Leuchtet und ruht.
Atemzugsdünungen Stille verheißen,
Über des Schulterpaars Klippen, die weißen,
Gleiten die heißen.
Gegen die spitzendurchbrochene Küste
Wiegen sich schwellend die wogenden Brüste
Schaumweißer Büste.
Ach, wenn dort klänge doch,
Schmelzendes Lied noch,
Hin zu sich tragender
Liebebeklagender
Meerfrauensang!

3.3.1875.

Polka

Tendrée und fein,
Geht sie hin
Wie frisch entsprungne Bäche,
Mit Augen rein,
Leicht Karmin
Auf runder Wangen Fläche.

Im Haare Rosen,
Goldner Tand
Um Hals und Arm geschlungen,
Am Herz Mimosen,
Des Kleides Rand
Mit Flaum von Schwanenjungen.

Das Kleid – zu loben:
Neuster Kunst,
Ein Stoff mit blanken Streifen
Wie erzern oben,
Doch ein Dunst
Nur unterm Gürtelreifen.

In tiefem Sinnen,
Doch erregt –
Will sie am Fenster stehen.
Es klopft da drinnen
Sehr bewegt,
Die Pulse heftig gehen.

Nur ekle Nässe
Bringt der Wind,
Schlägt hart an trübe Scheiben.
Mit Interesse
Schaut das Kind.
Was soll das ganze Treiben?

»Ach, die scharmante
Blume wird
Sich nicht beim Tanz entfalten! ...
Da ist er, Tante,
Hör! Er wird –
Hör, hier nur wird er halten.«

1875.

Ohne Titel

Gesammelt hat der Tag den Schmerz,
In Tau ihn ausgeweint,
Dann öffnet Nacht des Himmels Herz
Mit ewger Schwermut stummem Schmerz,
Und einer und einer.
Und zwei und zwei
Gehn ferner Welten Genien fort
Aus himmelstiefem dunklem Hort.
Und hoch über Erdenlust und Schmerzen
In Händen hoch die Sternenkerzen
Schreiten sie langsam über den Himmel.
Die Schritte gehen
Mit Leid im Herzen ....
Seltsam verwehen
Der Sterne Flammenkerzen
Scheu im eisigen Winde des Raumes.

1875?

Irmelein Rose

Geht, es war einmal ein König,
Viele Schätze waren sein,
Doch der allerbeste, wußte
Jeder, das war Irmelein.
Irmelein Rose,
Irmelein Licht,
Irmelein alles, was hold ist!

Alle Ritterhelme zeigten
Ihrer Farben muntre Pracht,
Und mit jedem Reim und Rhythmus
Schloß der Name feste Pacht:
Irmelein Rose,
Irmelein Licht,
Irmelein alles, was hold ist!

Ganze große Werberscharen
Suchten diesen seltnen Hort,
Schmeichelten mit sanften Mienen
Und mit blumenschönem Wort:
Irmelein Rose,
Irmelein Licht,
Irmelein alles, was hold ist!

Die Prinzessin jagte fort sie,
Denn ihr Herz war kalt wie Stahl,
Fand in Haltung und in Worten
Schwere Fehler ohne Zahl.
Irmelein Rose,
Irmelein Licht,
Irmelein alles, was hold ist!

1875? (Ein Teil des Gedichts doch wohl aus dem Jahre 69.)

Ohne Titel

Ewig und ohne Veründrung
Ist nur die Leere.
Alles, was war und was ist,
Des Lebendigen Heere
Keimen, sprossen, entstehen,
Wechseln, altern, vergehen.

Welten sind gewandert,
Wo Welten jetzt wandern,
Einst in den Zeiten
Kommen die andern.
Tod geweiht sind des Lebenden Heere,
Ewig ist nur die unendliche Leere.

1875?

Genrebild

Auf dem Turme ganz allein
Saß der Page lange,
Dichtete von Liebespein
Dort mit heißer Wange,
Konnte es nicht fertig bringen
In dem Ringen
Jetzt mit Sternen, jetzt mit Rosen –
Gar nichts reimte sich auf Rosen –
Setzte verzweifelt das Horn an den Mund,
Eigener Liebe Scherge,
Blies dann seine Liebe aus
Über alle Berge.

1875?

Landschaft

Hörst du, Geliebte, das Rinnen,
Wir sind in fremder Gewalt,
Es schläft ein Gesang hier drinnen
Im nächtlich schlummernden Wald.

Ruhig sind Winde und Wellen,
Stumm ist der Singvögel Mund,
Schweigend verrinnen die Quellen
Über den moosigen Grund.

Mondstrahlen spielen in Zweigen,
Spinnen von Baum sich zu Baum,
Und wo die Wege sich zeigen,
Schlummert ein schimmernder Saum.

Selbst jene Wolke dort oben
Ruhig auf Flügeln sie zieht,
Über die Wipfel erhoben
Lauschend hernieder sie sieht.

Hörst du das lautlose Rinnen?
Wir sind in fremder Gewalt.
Es schläft ein Gesang hier drinnen
Im nächtlich schlummernden Wald.

1875?

Man büßet dafür

Man büßet dafür so manches Jahr,
Was ärmliche Freuden waren;
Man lächelt es vor in dem Augenblick,
Doch weinen muß man in Jahren.
Es rinnet Leid, rinnet Harm von roten Rosen.

Man jagt auf dem goldnen Rad des Glücks,
So schnell, daß nichts man kann sehen;
Der Sorge knechtische, schwere Last
Erwartet uns doch, wenn wir stehen.
Es rinnet Leid, rinnet Harm von roten Rosen.

Man lebt in der Lust wie halb im Traum –
Die Sorge hat keine Träume:
Mit wachen Augen sieht sie dich an,
Augen wie endlose Räume.
Es rinnet Leid, rinnet Harm aus roten Rosen.

Kein Lächeln erweckt deinen Tag im Bett,
Die Träne hat gute Stunden;
Denn Lächeln ist Glanz nur von dem, was ist,
Die Träne von dem, was verschwunden.
Es rinnet Leid, rinnet Harm aus roten Rosen.

Eine Reiseerinnerung

Draußen in dem weißen, blendenden Licht über dem See kam ein Boot daher: eine kleine, schwarze Planke, ein graues Segel gewiegt, und geworfen, schwindend getaucht, kommend gehoben, weggeblitzt, hervorgeblitzt von dem blendenden Glanz.

Dann wurde es von der Landzunge verborgen.

Es war nicht ein Segel da draußen zu sehen, nicht einmal ein weißbusiger Vogel unterbrach die weite Fläche des Sees, und breit und blau, wie der Himmel niemals blau ist, strahlte das Wasser unter dem vollen, mächtigen Lichtfall des Tages; weiß und lila getönt in nebeliger Ferne, silbergestreift kornblau oben unter dem Bergschatten, goldkörnig glitzernd, goldkörnig wimmelnd über der Tiefe dahin und auf der breiten, weiten Nehrung in reichem und farbengesättigtem Azurblauen, gewiegt in runden, kammlosen Wogen, glatt wie gleitendes Glas, wie Kristall, das in tadelloser Klarheit schwillt, erhellt von eisblankem Licht, beschattet von seegrünem Schein – so sah man die Wasser des Gardasees.

Und dann wieder schoß das Boot da draußen vor der Landzunge sicher und unverdrossen dahin in dem sterbenden Wind, näher und näher, vorbei an den niedrigen grauen Olivenfeldern, hinein unter des Monte Baldos lehmbraune Hügel, und noch näher, wo die grasgebundene Sandzunge sich vorstreckt, so ganz nahe mit schlaffen Segeln und fast keiner Fahrt langsam an die Bretterbrücke des Hotels herangleitend.

Da waren nur die Zweie im Boot, ein rotbemützter Fischer und ein blondhaariger Fremder, der gleich an Land stieg und träge oder träumend in den Garten ging. – – –

Sommer 1877.

Ohne Titel

Lenz laßt kommen, wann er will,
Laßt Grün ihn krönen
Mit muntrer Vögel Flötenspiel,
Nenn Blumen blühen
Und all des Schönen
Holdestes Holde
Im Sonnengolde
Weit über Wiesen und Ackerstellen
Flattert und quillt aus verborgenen Quellen,
Strömt seinen Duft über Wiesen und Wellen –
Was tut das mir?
Mein Herz ist keine Blume, kein Blatt,
Und der Lenz macht es nicht satt:
Den eignen Frühling es sich spann –
Wann?

1882?

Aus einer Erzählung

Die stillstehende kleine Erzählung aus dem Anfang des Jahrhunderts, damals als unsere Großeltern gesunde, warmblütige, neuvermählte Leute waren, ist auf Briefen und Tagebuchblättern, auf Miniaturporträts und Stammbüchern aufgebaut, und der Held heißt August, während sie Rosalie heißt, und sie wohnen auf Frederiksdal.

Aber vergiß nun nicht, daß es damals ganz andere Zeiten waren und andere Menschen. Nur das eine, daß die Männer einander küßten und ihre Waden in seidenen Strümpfen zeigten und dasaßen und über ihrem Wein sangen, nur das eine, daß von fünfundzwanzig Damen nicht eine einzige spielen konnte, und wenn sie es konnte, dann in der Regel auf der Gitarre!

Es geschieht nur, um den Abstand zu zeigen, daß gerade das hervorgehoben wird, und nicht weil es in der Geschichte von irgendwelcher Bedeutung ist.

Dahingegen etwas anderes: denke einmal darüber nach, was das Heim in jenen Tagen war. Man kann nicht sagen, daß es *jetzt* nur der Ort ist, wohin man geht, um zu schlafen und zu Tische zu sitzen; aber es ist ganz sicher nicht das enge, alles aufsaugende Vaterland, das es damals war. Das Leben da draußen ist heutzutage nicht Trapezunt, die Sahara, der Planet Mars oder die Milchstraße, das sind Heerstraßen heutzutage, alte, wohlbekannte Wege, die zu einem Marktplatz in unsern Wohnstuben zusammenlaufen; aber in alten Zeiten, da war das Leben da draußen etwas, wohin man reiste, und woher man nach Hause kam, oder erhielt es in einer Unterhaltung Erlaubnis, innerhalb unserer vier Wände zu kommen, so geschah das als Mappe mit wunderlichen Kupferstichen, die man aus einem Schrank hervorholt, wenn die Kinder zu Bett gekommen sind.

1883?

Anne Charlotte

Erster Akt

Wohnstube bei Direktor Hein. Luxuriöse, schwere Winterausstattung. Größere Möbelgruppe rechts im Hintergrund, eine kleinere links vorne. Zwischen kleineren Bildern an der Hintergrundwand ein lebensgroßes Porträt von dem Vater der Hausfrau. Trauerrosette über dem Rahmen.

Erste Szene

De Geer. Anne Charlotte

Anne Charlotte sitzt links hinter dem Tisch, auf dem Bücher und Broschüren liegen. De Geer, der eine Visite macht, hat eben, rechts von ihr, Platz genommen. Das Profil ist dem Zuschauer zugekehrt.

De Geer. Also Sie haben sich gestern wirklich amüsiert. Ja, das dachte ich mir doch!

Anne Charlotte. Freilich. – Und sollte es nicht außer dem Amüsement genug für einen Ballabend sein, ganz unerwartet einen alten Freier zu treffen, den man seit vier langen Jahren nicht gesehen hat?

De Geer. Ja, vier Jahre sind lang. – Es ist viel hier geschehen, während ich weg gewesen bin.

Anne Charlotte*(melancholisch, zu dem Porträt des Vaters aufsehend).* Ja, es ist viel geschehen.

De Geer*(dem Porträt zugewandt).* Wie ähnlich es ist! *(Erhebt sich halb.)* Ja, das ist ganz das liebe, mutige, alte Gesicht. *(Zu der Frau des Hauses.)* Ich habe niemals einen alten Mann wie Ihren Vater gekannt, einen Mann, der eine so gute Meinung von dem Leben und den Menschen hatte wie er. Wenn man mit seinen jugendlichen Plänen und Hoffnung zu ihm kam, so hatte er nie diese trostlosen, erfahrnen Redensarten für unsereins, mit denen alte Leute sonst immer zu kommen pflegten; da war keine Rede von überlegenem Lächeln oder mitleidigem Kopfschütteln; er nahm unsere Pläne auf und ließ sie in seiner Phantasie gelingen; und Schwierigkeiten! Schwierigkeiten und Hindernisse, auf die hieb er los, so daß sie nach allen Seiten fielen und die Zukunft vor einem dastand wie ein geöffnetes festliches Tor und man sich nur zusammenzunehmen brauchte, um da hindurchzuspazieren. ... Immer ging man erfrischt von ihm fort, seines Glückes sicherer, seiner selbst sicherer.

Anne Charlotte. Und nicht wahr, er hatte recht?

De Geer. Er *hatte* recht, er *bekam* nicht immer recht. Sie glichen ihm in so vielem, gnädige Frau, und gleichen ihm vielleicht noch jetzt?

Anne Charlotte. Ja, weswegen sollte ich verändert sein?

De Geer. Vier Jahre! – Es kommt selten vor, daß ein Mensch sich selber so lange treu bleibt.

Anne Charlotte. Das haben Sie nicht von Vater gelernt.

De Geer. Nein, – das haben mich – andere gelehrt.

Anne Charlotte. Wer?

De Geer. Man soll niemals Namen nennen.

Anne Charlotte. Ich verstehe Sie nicht.

De Geer. Nein.

Anne Charlotte. Aber vielleicht werden Sie einräumen, daß es in einer Unterhaltung am angenehmsten ist, wenn man sich versteht?

De Geer. Ja, ist das eigentlich so sicher?

Anne Charlotte. Auf alle Fälle ziehe ich es vor.

De Geer. Ja, sehen Sie, gnädige Frau, das, was ich meine, ist ja nichts anderes, als daß wir, wenn wir ganz jung sind und den Kampf mit dem Leben aufnehmen sollen, daß wir dann, wenigstens die meisten von uns, von der Hand der Natur mit einer Menge schöner Eigenschaften ausgerüstet sind. Wir sind uneigennützig, vertrauensvoll, bereit, für die Wahrheit zu leiden, unversöhnlich allem gegenüber, was gemein ist, unerschütterlich in unserm Glauben, daß das, was recht ist, siegen muß, wir sind ritterlich, mutig, alles, was mutig, fein und edel ist.

Anne Charlotte. Ja!

De Geer. Aber all die Herrlichkeit ist von der Natur gar nicht dazu bestimmt, von Dauer zu sein, nicht mehr als es die beiden Reihen Zähne sind, die man als ganz kleines Kind bekommt. Es liegt nämlich ein Trieb in uns, der sich nicht recht bemerkbar gemacht hat bis jetzt, wo man als erwachsener Mensch mit dem Leben ins Handgemenge geraten ist, und das ist der Selbsterhaltungstrieb, – und das ist sonderbar ...

Anne Charlotte. Soll ich Ihnen meine aufrichtige Meinung sagen?

De Geer. Meinetwegen nicht. Ich weiß nur zu gut, daß, wenn man seine Meinung aufrichtig nennt, sie unangenehm ist.

Anne Charlotte. Ja, Ihre ganze lange Geschichte ist meiner Meinung nach nichts weiter als Geschwätz.

De Geer*(nach einer Pause, nachdenkend).* Ach ja, es mag etwas Wahres darin liegen. Solche allgemeine Theorien, mit denen man den treffen kann, den man nicht offen anzugreifen wagt. –

Anne Charlotte. Meinen Sie mich?

De Geer*(sieht nieder).* Sagen Sie mir doch, gnädige Frau, haben Sie nie darüber nachgedacht, welchen Eindruck es da unten in Venedig auf mich machen mußte, als ich erfuhr, daß Sie sich mit Frederik Hejn verlobt hatten?

Anne Charlotte. Nein, hat das denn einen so besonderen Eindruck auf Sie gemacht?

De Geer. Freilich hat es das getan, gnädige Frau, denn es war ein ganzer Flor von lichten, glücklichen Hoffnungen und feinen Träumen, der dadurch vernichtet wurde, wie man zu sagen pflegt, allein dadurch.

Anne Charlotte. Aber ich bitte Sie, wollen Sie sich nun wirklich die Mühe machen, mir einzubilden, daß Sie sich mit unglücklicher Liebe zu mir getragen haben? Das ist ja doch völlig überflüssig. Ich bin gar nicht so anspruchsvoll, ich gestatte, daß man mir gegenüber seinen Herzensfrieden bewahrt.

1883.

Doktor Faust

Es kam ein Reitersmann durch einen Hohlweg in einem Walde geritten.

An beiden Abhängen hinauf standen große, kahle Tannen, ganz hoch oben hinauf, bis der Wipfel der obersten in der Sonne stand; aber da unten, da war es dunkel, und das Licht war karg.

Und der Lenzwind kam schwer durch den Weg daher.

Und der Reitersmann kam auch schwer, und er schleppte eine große Sense hinter sich drein, so daß sie mit ihrer blitzblanken Spitze in der schwarzen Erde pflügte.

Auf fahlgelbem Roß saß er, und alt saß er vornüber im Sattel, in Falten und Bauschen von Wallendem und Schwarzem, mit einer weißen, mageren Hand im Zügel und einer weißen, magern Hand um den Schaft der Sense.

Er war größer, als Menschen sind, und es war kein Weißes in seinen Augen, nur das Schwarze, das sieht.

Und wohin er ritt, da ward die Luft um ihn her erfüllt von dem modrigen, erdigherben Dunst aus dem feuchten welken Laub, das gährte, aus dem Boden, der verfaulte, aus den Baumstumpfen, die vermoderten und in Zunder übergingen, und aus dem Moos, das verwitterte. Und von den hohen Bäumen prasselten die alten trockenen Zweige nieder und machten Lärm und machten es still, so daß der Hufschlag seines Pferdes war wie der einzige Laut in der Welt.

Und der Hufschlag noch eines Pferdes, hinter ihm, weit weg.

Er hielt an und lauschte; dann nickte er, als verstünde er, und ritt wieder weiter.

Es währte eine Weile, dann kam ein anderer Reitersmann zum Vorschein auf einem Pferd, das rot war.

Auch er war größer, als Menschen sind, aber er war anzusehen wie ein Bursche von ungefähr zwanzig Jahren mit blondem Flaum auf den glatten Wangen und um den goldenen, lächelnden Mund.

Halb aus Beiderwand und aus Königspurpur zur Hälfte war seine Kleidung; aber die schlanken Glieder kamen blendend nackend hervor unter dem Beiderwand und unter dem Purpur – heidnisch nackend. Denn es war Amor, dieser Bursche mit den Locken, die sich um sein Haupt kräuselten wie güldene Spähne, und auf seinem Rücken hing der Köcher mit den Pfeilen, aber den starken Bogen hatte er in die Mähne des Pferdes geknotet.

Und wohin er ritt, da krümmten die Farnen ihre braunzottigen Schnörkel über die Erde empor, das modrige Laub ward lebend von gelben und weißen Schößlingen, und tausend Keime traten aus ihrem Winterschlaf, während überfrühe Blumen unter dem Dunkel der Winterblätter hervorblauten, während die Knospen über seinem Haupte im Schwellen lichter wurden und während Zugvögelscharen gleich schwarzen Zeichen über den graublauen Himmel dahergesegelt kamen.

Amor ritt an die Seite des Alten mit der Sense. Sie nickten einander zu und ritten dann selbander durch den Hohlweg, ohne zu reden; und als der Weg aus dem Walde herauskam und sie quer über das Feld mit sich nahm, nach der Heerstraße, und sie die große Stadt gerade vor sich hatten mit ihren braunen Dächern, ihren hochragenden und grauen Turmzinnen und ihren goldschimmernden Kuppeln, da nickten sie einander wieder zu, mit einem Lächeln.

Und sie ritten auf der Heerstraße dahin, die sich breit und grau schlängelte, schmäler und schmäler in der Ferne, bis sie als seiner, weißer Faden in das schwarze Auge an einem der roten Tore der Stadt hineinlief.

Und sie ritten.

Dicht vor dem Tor war ein großer, kahler Krautgarten mit krummästigen Apfelbäumen, und in dem ein Haus, das Giebel für Giebel aufgeschossen war unter langen steilabfallenden Ziegeln und dessen viele schwarze Schornsteine hintereinander mit eisernen Stangen und mit strammen eisernen Ketten gestützt waren.

Dort machten sie halt.

Nach Osten zu war da ein Fenster, so groß wie ein Tor, ein unendliches Dambrettmuster von winzig kleinen, in Blei gefaßten Knorren aus Glas. Es war geöffnet und an die Mauer festgehakt, und in der torgroßen Öffnung stand Doktor Faust und starrte nach der Richtung hinaus, in der, wie er wußte, der Wald und der Hohlweg lagen.

Und der Tod und Amor ritten vor das Fenster, unsichtbar, wie sie waren, ohne einen Schatten zu werfen.

Und da hielten sie, größer, als Menschen sind, und der Wind klatschte mit dem schwarzen Mantel des Todes und mit Amors Purpur, und ihre großen Pferde streckten die Hälse durch das Fenster hinein und beugten sich, halb im Schlaf, mit den schweren Köpfen über Bücher und Pergamente, auf ihrem Zaumwerk knaupelnd, und der Schaum aus ihren Mäulern tropfte in Flatschen nieder auf schwarze Schriftzeilen und farbenkräftige Initialen.

Ein Gedanke drängte sich Doktor Faust stärker auf als der andere, wie er dastand, seine Handflächen auf das breite Fensterbrett gestützt, eine ringgeschmückte Hand vor jedes Pferdes Maul. Und das Licht hob die klare Bleichheit seiner Stirn und seines Antlitzes hervor und zählte jedes Haar in seinem dunklen gelockten Bart.

Hörbar klang jeder Gedanke von ihm über die beiden Unsichtbaren da draußen.

– Jetzt bin ich vierzig Jahre, – dachte er: – zehn, zwanzig, dreißig Jahre kann ich noch leben, dann ist alles vorbei!

Wieder ist es Frühling, wieder habe ich ein Jahr weniger zu leben....

Der Tod kommt, um den vierzigjährigen Doktor Faust aufzusuchen; aber Amor bittet für ihn, und der Tod schenkt ihm neue vierzig Jahre. Nach Verlauf dieser Zeit kommen die beiden wieder geritten, um ihn zu holen. Sie finden einen Greis, dem die Jahre nichts genutzt haben: seine Kraft war vor vierzig Jahren verbraucht, die ganze letzte Hälfte seines Lebens ist ein totes Leben gewesen. (Notiz von E. Brandes.)

Ohne Titel

Erstarrte auch dort des Blutes Strom,
Der einst gewohnt war zu rinnen,
So bebten auch dort alle Nerven zur Ruh,
Die Fühlkraft erstarb allen Sinnen.
Das Herz wie das Hirn ward des Todes Raub,
Du bist jetzt nur Erde und toter Staub,
Laß Sehnen, laß Weinen nach ewigem Glück,
Ein Staubkorn blieb nur, ein Name zurück.

Denn die guten Gedanken, die können nicht vergehn,
Eh nicht noch bessere ihrem Samen erstehn.

1884.

————————

Licht über Lande –
Das wollen wir ja.

1884.

Die Übertragungen sind von *Mathilde Mann* (Frau Marie Grubbe, Novellen, Tagebuch u.a.), *Anka Matthiesen* (Niels Lyhne) und *Erich von Mendelssohn* (die lyrischen Stücke).

Über tredition

Eigenes Buch veröffentlichen

tredition wurde 2006 in Hamburg gegründet und hat seither mehrere tausend Buchtitel veröffentlicht. Autoren veröffentlichen in wenigen leichten Schritten gedruckte Bücher, e-Books und audio-Books. tredition hat das Ziel, die beste und fairste Veröffentlichungsmöglichkeit für Autoren zu bieten.

tredition wurde mit der Erkenntnis gegründet, dass nur etwa jedes 200. bei Verlagen eingereichte Manuskript veröffentlicht wird. Dabei hat jedes Buch seinen Markt, also seine Leser. tredition sorgt dafür, dass für jedes Buch die Leserschaft auch erreicht wird.

Im einzigartigen Literatur-Netzwerk von tredition bieten zahlreiche Literatur-Partner (das sind Lektoren, Übersetzer, Hörbuchsprecher und Illustratoren) ihre Dienstleistung an, um Manuskripte zu verbessern oder die Vielfalt zu erhöhen. Autoren vereinbaren direkt mit den Literatur-Partnern die Konditionen ihrer Zusammenarbeit und partizipieren gemeinsam am Erfolg des Buches.

Das gesamte Verlagsprogramm von tredition ist bei allen stationären Buchhandlungen und Online-Buchhändlern wie z. B. Amazon erhältlich. e-Books stehen bei den führenden Online-Portalen (z. B. iBookstore von Apple oder Kindle von Amazon) zum Verkauf.

Einfach leicht ein Buch veröffentlichen: **www.tredition.de**

Eigene Buchreihe oder eigenen Verlag gründen

Seit 2009 bietet tredition sein Verlagskonzept auch als sogenanntes "White-Label" an. Das bedeutet, dass andere Unternehmen, Institutionen und Personen risikofrei und unkompliziert selbst zum Herausgeber von Büchern und Buchreihen unter eigener Marke werden können. tredition übernimmt dabei das komplette Herstellungs- und Distributionsrisiko.

Zahlreiche Zeitschriften-, Zeitungs- und Buchverlage, Universitäten, Forschungseinrichtungen u.v.m. nutzen diese Dienstleistung von tredition, um unter eigener Marke ohne Risiko Bücher zu verlegen.

Alle Informationen im Internet: **www.tredition.de/fuer-verlage**

tredition wurde mit mehreren Innovationspreisen ausgezeichnet, u. a. mit dem Webfuture Award und dem Innovationspreis der Buch Digitale.

tredition ist Mitglied im Börsenverein des Deutschen Buchhandels.

Dieses Werk elektronisch lesen

Dieses Werk ist Teil der Gutenberg-DE Edition DVD. Diese enthält das komplette Archiv des Projekt Gutenberg-DE. Die DVD ist im Internet erhältlich auf **http://gutenbergshop.abc.de**

Zeitfracht Medien GmbH
Ferdinand-Jühlke-Straße 7
99095 Erfurt, Deutschland
produktsicherheit@kolibri360.de